MW01713728

Les éditions de la courte échelle inc.

Sylvie Desrosiers

Sylvie Desrosiers aime autant émouvoir ses lecteurs que les faire rire. C'est ainsi que son chien Notdog amuse les jeunes un peu partout dans le monde, car on peut lire plusieurs de ses aventures en chinois, en espagnol, en grec et en italien. À la courte échelle, Sylvie Desrosiers est également l'auteure d'un roman publié dans la collection Premier Roman et de trois romans pour les adolescents. *Le long silence*, paru dans la collection Roman+, lui a d'ailleurs permis de remporter en 1996 le Prix Brive/Montréal 12/17 pour adolescents, ainsi que la première place du Palmarès de la Livromanie et d'être finaliste au Prix du Gouverneur général.

Sylvie Desrosiers écrit aussi des romans destinés aux adultes et des textes pour la télévision. Et, même quand elle travaille beaucoup, elle garde toujours du temps pour s'amuser avec son fils et son chien Mozart.

Daniel Sylvestre

Daniel Sylvestre a commencé très jeune à dessiner, et ce goût ne l'a jamais quitté. Après des études en arts décoratifs et en arts graphiques à Paris, il a collaboré à des films d'animation, fait des illustrations pour des revues comme *Châtelaine* et *L'actualité*, réalisé des affiches publicitaires et travaillé en graphisme. Aujourd'hui, on peut voir ses illustrations dans de nombreux pays.

À la courte échelle, Daniel Sylvestre est le complice de Bertrand Gauthier pour les albums Zunik. Il a d'ailleurs reçu le Prix Québec/Wallonie-Bruxelles pour *Je suis Zunik*. Il est également l'illustrateur de la série Clémentine de Chrystine Brouillet, publiée dans la collection Premier Roman, ainsi que des couvertures de plusieurs livres de la collection Roman+.

De la même auteure, à la courte échelle

Collection Premier Roman
Au revoir, Camille!

Collection Roman Jeunesse

Série Notdog:
La patte dans le sac
Qui a peur des fantômes?
Le mystère du lac Carré
Où sont passés les dinosaures?
Méfiez-vous des monstres marins
Mais qui va trouver le trésor?
Faut-il croire à la magie?
Les princes ne sont pas tous charmants
Qui veut entrer dans la légende?
La jeune fille venue du froid
Qui a déjà touché à un vrai tigre?
Peut-on dessiner un souvenir?

Collection Roman+
Quatre jours de liberté
Les cahiers d'Élisabeth
Le long silence

Sylvie Desrosiers

LES EXTRATERRESTRES SONT-ILS DES VOLEURS?

Illustrations
de Daniel Sylvestre

la courte échelle
Les éditions de la courte échelle inc.

Les éditions de la courte échelle inc.
5243, boul. Saint-Laurent
Montréal (Québec) H2T 1S4

Conception graphique:
Derome design inc.

Révision des textes:
Lise Duquette

Dépôt légal, 2e trimestre 2000
Bibliothèque nationale du Québec

La courte échelle bénéficie de l'aide du ministère du Patrimoine canadien dans le cadre de son Programme d'aide au développement de l'industrie de l'édition. La courte échelle est aussi inscrite au programme de subvention globale du Conseil des Arts du Canada et bénéficie de l'appui du gouvernement du Québec par l'intermédiaire de la SODEC.

Données de catalogage avant publication (Canada)

Desrosiers, Sylvie

Les extraterrestres sont-ils des voleurs?

(Roman Jeunesse; RJ91)

ISBN 2-89021-410-9

I. Sylvestre, Daniel. II. Titre. III. Collection.

PS8557.E874E97 2000 jC843'.54 C99-941606-5
PS9557.E874E97 2000
PZ23.D47Ex 2000

Chapitre I
Le message au bout du tunnel

Nous sommes à quelques jours de Noël. Il n'y a pas encore de neige, mais ce vingt décembre est froid et humide.

En marchant, Jocelyne relit pour la centième fois le mystérieux message qu'on lui a adressé:

Rends-toi à la rivière aux Renards. Suis-la jusqu'au barrage de castors. Là, attends-moi, samedi à 13 heures. Et surtout, viens seule, sans tes amis. J'ai quelque chose de très important à te dire.

Ton admirateur,

Simon G.

Jocelyne couvre ses belles boucles brunes de son capuchon. Elle a fait comme Simon lui a demandé: elle est venue seule. Enfin pas tout à fait puisque Notdog, le chien le plus laid du village, son chien, trottine auprès d'elle.

Normalement, elle serait accompagnée de ses deux fidèles amis: Agnès, la petite rousse qui porte des broches*, et John, l'Anglais blond à lunettes. Âgés de douze ans tous les trois, ils forment le trio le plus célèbre de la région, surnommé «les inséparables».

Mais si Simon ne veut voir qu'elle...

En longeant la rivière aux Renards, elle songe à l'attitude de Simon Gagné en classe. Il est distant, ne lui parle qu'occasionnellement. Il a pourtant écrit: ton admirateur. Simon serait-il amoureux d'elle? «Il a bien caché son jeu», pense-t-elle.

Elle arrive au barrage de castors. Juste à l'heure. Elle s'assoit et attend.

Elle revoit le spectacle de la veille, donné dans le sous-sol de l'église. Un magicien hollandais, Jean Rhys, a émerveillé toute l'assistance avec ses tours dont per-

* Appareil orthodontique.

sonne n'a réussi à percer le secret. Juste avant la fin, il est venu la chercher, elle, dans le fond de la salle, pour qu'elle l'accompagne sur scène.

Puis il a fait apparaître pour elle bijoux, fleurs, couronne, la transformant ainsi en reine de la soirée. «C'est vrai que je devais être très jolie en souveraine. Ce doit être ce qui a poussé Simon à m'écrire», se dit Jocelyne. Pourtant, elle ne se souvient pas de l'avoir vu. En même temps, elle commence à penser que, finalement, il est beau et pas mal gentil, Simon Gagné.

À côté d'elle, Notdog explore, flaire les odeurs, fouille le sol de sa grosse truffe mouillée. Jocelyne remarque alors qu'il a perdu sa médaille. Elle se lève, marche un peu pour se réchauffer. Elle écoute, essaie de deviner des pas dans la forêt.

Rien. Après une demi-heure, elle s'impatiente sérieusement. Après quarante-cinq minutes, en colère, elle décide de s'en retourner.

— Il va savoir comment je m'appelle, Simon Gagné!

Elle siffle son chien. Mais il ne la rejoint pas.

— Notdog! Où est-il encore allé... Notdog! Viens!

Elle entend un aboiement sourd.

— Bon! Où est-ce qu'il se cache?

Jocelyne s'avance dans la direction de l'aboiement. Elle cherche, ne voit pas son chien. Elle siffle de nouveau. Un jappement provient d'une ouverture dans la muraille de pierre.

Elle s'y glisse et pénètre dans une grotte bien assez grande pour que cinq ou six adultes puissent y tenir debout.

Un rayon de soleil, si bas à la veille du solstice d'hiver, l'éclaire jusqu'au fond. Notdog agite gaiement la queue. Ne vient-il pas de découvrir un lieu nouveau? «Ça va sûrement me rapporter au moins quatre biscuits pour chien», se dit-il. Car les chiens sont capables de calculer ces choses-là.

Jocelyne regarde tout autour d'elle, suit le rayon de lumière. Sur le mur du fond, elle découvre d'étranges dessins.

— Qu'est-ce que ça peut vouloir dire... murmure Jocelyne.

Et, surtout, qui les a tracés? Bientôt le soleil poursuit sa route et les dessins sont plongés dans le noir. Jocelyne repart vers le village, décidée à revenir avec Agnès et John.

Mais ce qui l'attend chez elle, ce ne sont pas ses amis. C'est le chef de police. Il veut l'interroger sur un vol qui a été commis.

Et dont les indices la désignent comme coupable.

Chapitre II
Du vol des recettes au vol de la comète

Le dépanneur d'Édouard Duchesne est vide. Au lieu de se tenir derrière son comptoir, Édouard, l'oncle de Jocelyne, est dans l'ancienne pièce réfrigérée qui lui sert maintenant de bureau. Il réconforte et protège sa nièce pendant que le chef de police lui pose des questions.

Le chef n'a pas son ton bourru habituel. Il aime beaucoup Jocelyne, qui, avec ses amis, l'a si souvent aidé à démasquer des malfaiteurs. Mais les faits sont là.

1. Les recettes du spectacle de magie de la veille ont été volées cet après-midi dans le bureau de l'aubergiste.

2. Sur les lieux, on a trouvé plein de poils de chien. Il n'y a pas de doute, ce sont ceux de Notdog qui est le seul chien de cette couleur bizarre au village.

Jocelyne explique encore une fois. Car le chef semble un peu lent à comprendre. Mais les chefs posent souvent les mêmes questions, simplement parce que parfois un petit détail surgit de la mémoire. Elle lui relit la lettre de Simon. Elle lui reparle de la grotte. Elle l'assure que Notdog l'accompagnait et admet qu'il n'y avait personne d'autre avec elle.

— La première chose à faire est d'aller voir ce Simon, dit le chef en se levant.

Il prend Édouard Duchesne à part:

— Vous n'avez rien remarqué de spécial chez Jocelyne ces derniers temps?

— Ma nièce n'est pas une voleuse! s'emporte Édouard.

— Ce n'est pas ce que j'ai dit. Je cherche, c'est tout.

— Je ne vois rien de particulier. Seulement peut-être que Jo est d'humeur un peu triste. Voyez-vous, elle rêve d'une planche à neige pour Noël. Mais c'est beaucoup trop cher.

— Si elle avait de l'argent, elle pourrait se l'acheter...

— Qu'allez-vous insinuer!?

Le chef sort en silence.

* * *

Non loin de là, dans le sous-sol d'un bungalow, Agnès et John fouillent dans un livre d'astronomie.

— Qui a eu l'idée de faire notre travail de science sur le passage de la comète de Charley? demande Agnès en tournant les pages.

— Moi! répond John fièrement.

Agnès soupire:

— La prochaine fois, tu me laisseras avoir l'idée, d'accord?

— Pourquoi? Ça ne t'intéresse pas, l'astrologie?

— L'astronomie, John, pas l'astrologie, le corrige Agnès, comme elle le fait à chaque erreur de français du garçon. Oui, ça m'intéresse. Mais pas à la veille des vacances de Noël, c'est tout.

Sauf que voilà: les comètes ne fêtent pas Noël et ne choisissent ni le moment ni l'endroit où elles passent près de la Terre. Et il s'avère que, cette fois-ci, le ciel des Cantons de l'Est est tout à fait propice à l'observation de Charley. C'est donc dans ce petit village que l'association des astronomes amateurs, les AAA, a élu domicile.

Pendant trois jours, l'auberge Sous mon toit sera l'hôte d'un groupe d'amateurs d'astres, satellites, astéroïdes, comètes, enfin de tout ce qui concerne le ciel et les étoiles.

Pour leur travail de science, John a suggéré à Agnès et à Jocelyne de profiter de l'occasion. De profiter surtout du passage des AAA pour les questionner et suivre avec eux la comète. Car John est un maniaque d'espace, de fusées, de science-fiction et d'extraterrestres.

Les filles ne partagent pas sa passion, mais elles ont accepté. «Ça va nous valoir un A!» a pensé Agnès. «Ça nous évitera de passer cent heures à la bibliothèque!» a pensé Jocelyne.

— Qu'est-ce qu'elle fait, donc, Jocelyne? Elle devait venir nous aider, bougonne Agnès.

Quand on parle du loup, on en voit le bout de la queue. Jocelyne descend à toute vitesse l'escalier qui mène au sous-sol. Et Notdog, qui la suit, saute les trois dernières marches, tout content de se retrouver dans ce qu'il considère être sa meute.

— Tu es toute pâle! On dirait que tu as rencontré un pylône! s'exclame John en la voyant.

— Un fantôme, John, pas un pylône.

Agnès s'empresse autour de Jocelyne.

— Veux-tu un verre d'eau? Du jus? Un *popsicle*?

Jocelyne s'affale dans le fauteuil en peluche trop mou. Elle accepte un *popsicle* à trois couleurs et raconte ce qui vient de lui arriver. Elle parle tant et si bien qu'elle en oublie son *popsicle* qui fond peu à peu.

— Oh! J'ai tout taché le fauteuil!

— Pas grave, il est brun. Ma mère ne s'apercevra de rien, la rassure Agnès.

— Les mères voient tout, au contraire. Je me demande si elles ne sont pas elles-mêmes des extraterrestres, parce qu'elles ont des yeux tout le tour de la tête, la mienne en tout cas.

Agnès regarde John, ébahie:

— John! C'est la plus longue phrase que tu aies jamais faite sans erreur! Félicitations!

Un peu étonné lui-même, John se gonfle de fierté.

Jocelyne rappelle sa présence à ses amis.

— Vous m'oubliez?

— Non, non, répond Agnès. Mais toi, tu as oublié de nous dire qui t'a écrit cette lettre étrange.

— Je n'ai pas oublié: je gardais la surprise pour la fin. Vous ne devinerez jamais.

— Bob Les Oreilles Bigras, lance John en éclatant de rire.

— Ouache! Il ne doit même pas savoir écrire, celui-là.

En effet, Bob Les Oreilles Bigras, le motard local, n'a jamais été vu avec un crayon à la main. Laid, sale, affreux, mais pas si méchant que ça, Bob est la dernière personne qui pourrait être amoureux de Jocelyne. Car il est l'ennemi numéro un des inséparables, qui déjouent toujours ses plans malhonnêtes.

— Jean-Philippe Michaud, se moque Agnès.

— Merci pour moi! Il aurait l'air de mon petit frère, si j'en avais un. Non, ce n'est pas lui.

— Qui alors? demande John.

— Simon Gagné, avoue Jocelyne.

— Il est assez beau, admet Agnès.

— Bizarre, dit John. Car Simon est dans le Sud avec sa famille.

— Quoi? Depuis quand?

— Il est parti avant-hier.

Le téléphone sonne. C'est pour Jocelyne. Au bout du fil, le chef de police explique:

— Simon est en voyage.

— Je viens de l'apprendre.

— Je suis passé voir votre professeur, Mme Poliquin, pour lui demander si elle n'aurait pas un devoir écrit de la main de Simon. Elle corrigeait justement vos productions écrites, dont une de Simon.

— Et?

— J'ai comparé la lettre et le devoir. Ça ne fait aucun doute: Simon Gagné n'a jamais écrit cette lettre.

— Comment? s'exclame Jocelyne, atterrée.

— Et ce n'est personne de la classe non plus. Bon, il fait encore assez clair pour faire un tour du côté de ta grotte, poursuit le chef.

Jocelyne accepte d'y aller à condition que ses amis l'accompagnent. John lui souffle une question:

— Est-ce qu'on sera de retour avant dix-huit heures? On a rendez-vous avec les astronomes amateurs pour notre travail.

— Sans problème.

Quarante minutes plus tard, le chef, les inséparables et Notdog pénètrent dans la grotte. Le chef éclaire la caverne avec une énorme lampe de poche.

Sur le mur du fond, là où s'étalaient les mystérieux dessins, il n'y a plus qu'une paroi désespérément grise et vide.

Chapitre III
Des astronomes dans la lune

La nuit est tombée depuis longtemps. Elle sera d'ailleurs la plus longue de l'année. Froide, noire, sans lune, cette nuit offrira le spectacle magnifique de la comète de Charley dans toute sa splendeur.

Trois ombres et demie s'approchent de l'auberge: les inséparables et Notdog.

— Le ciel est encore plus beau qu'au planétarium, dit John pour changer de sujet.

Car depuis qu'ils sont revenus bredouilles de la caverne, les trois amis n'ont parlé que des mystères qui s'accumulent aujourd'hui. Et la journée n'est pas encore finie.

Jocelyne a essayé de reproduire sur papier les dessins qu'elle a vus. Mais elle n'arrive pas à bien se les rappeler. Elle sait qu'il y avait un petit bonhomme, des planètes. Cependant, la forme exacte et l'ordre des images restent vagues. Et puis, il faut le dire: elle est pourrie en dessin.

En entrant à l'auberge, John, Agnès et Jocelyne tombent sur un groupe joyeux. Les astronomes amateurs sont loin d'être les professeurs au crâne démesuré et à la barbe négligée qu'on s'imagine. C'est plutôt une assemblée de personnes à peu près normales.

Près du comptoir des renseignements, une femme qui porte une montre solaire demande l'heure à tout le monde parce que le soleil est couché. À côté d'elle, deux hommes se racontent des blagues:

— Qu'est-ce que la lune dit en partant au combat?

— Je ne sais pas.

— Pas de quartier!

Les deux hommes partent à rire. Agnès chuchote:

— On dirait une farce plate de Bob Les Oreilles...

Elle n'a pas fini de prononcer son nom que le fameux Bob Les Oreilles Bigras entre avec des bûches de bois. Notdog ne peut s'empêcher de grogner.

— Heille! Mes ados préférés! Comment ça va? Nu-pieds!

Et Bob éclate d'un gros rire gras en allant déposer son bois près du foyer. L'aubergiste répond d'avance à la question que les enfants vont lui poser.

— J'avais besoin de quelqu'un pour des petits travaux. Mon employé est malade et je suis tombé par hasard sur Bob qui cherchait du travail.

— Bob? Du travail? s'étonne Jocelyne.

— Ça paraît incroyable, je sais. Mais depuis trois jours qu'il est ici, je n'ai rien à redire. Peut-être qu'il a enfin décidé d'être honnête. Qui cherchez-vous?

— On a rendez-vous avec trois astronomes amateurs: Annette Mercure, Robert Lavoie et Jean Rhys, le magicien.

— Ils sont là. Ils portent des macarons avec leur nom.

Les enfants ont vite fait de les trouver.

— Ah! Voici les jeunes qui ont besoin de nous pour leur travail. Et voici la reine de la soirée d'hier! dit le magicien en donnant un baiser sur la main de Jocelyne. Laissez-moi vous présenter. Annette Mercure, que nous appelons entre nous Plannette Mercure. Affectueusement, bien sûr.

La dame leur sourit gentiment. Puis Jean Rhys leur présente un monsieur aussi large que haut.

— Robert Lavoie. Surnommé...

— Robert Lavoie Lactée. Pour vous servir. Dites-moi, les enfants: savez-vous d'où vient l'expression voie lactée?

— De la mycologie! répond vivement John.

— Je regrette, il n'y a pas de champignons dans le ciel, jeune homme.

John ne comprend visiblement rien à ce que raconte Robert Lavoie. Agnès intervient:

— Ce que John voulait dire, c'est mythologie.

— Ah! Voilà qui est bien. Nous savons tous que c'est Junon, la femme de Jupiter, qui, en nourrissant son bébé Hercule, a échappé une goutte de lait. Cette goutte de lait a donné naissance à la voie lactée. Et savez-vous d'où vient le mot galaxie? Non? De *gala*, en grec, qui veut dire lait. Et...

Annette Mercure l'interrompt:

— Laisse-leur au moins le temps de sortir leur magnétophone.

Ce que Jocelyne essayait de faire.

— J'ai oublié la cassette. Il va falloir prendre des notes... soupire-t-elle.

Mais voilà que la conférence commence. Tout le monde s'installe dans une grande pièce noire. Sur le mur du fond seront projetées des diapositives.

Évidemment, la soirée est consacrée à la comète. Jocelyne écoute distraitement. Elle repense à sa journée, à la caverne. Une diapositive attire son attention: l'illustration du solstice d'hiver. C'est exactement le premier des dessins du mur de la grotte. Elle le griffonne du mieux qu'elle peut.

Elle est désormais plus attentive, cherchant, au fil des images, à se souvenir. La dernière photo présente un cliché magnifique de la comète de Charley. «C'est le deuxième dessin», réalise-t-elle. Elle le reproduit, tout excitée. En fermant les yeux, elle se concentre et réussit à voir apparaître les deux autres.

Après la conférence, alors que tous s'habillent pour sortir observer la comète,

Jocelyne fait part de ses découvertes à ses amis.

Dans le hall, Notdog, qu'on avait un peu oublié, vient lui aussi de faire une découverte: un biscuit sous un fauteuil. «Ça ne ressemble à rien que je connaisse, mais c'est bon en titi.»

Il n'en laisse pas une miette et se lèche longtemps les babines. Sans savoir que sa collation allait changer sa vie.

Chapitre IV
Appelez-moi maître Notdog

Dimanche matin, le village voit tomber sa première neige. Dans sa chambre, Jocelyne se réveille tranquillement. Elle s'est endormie tard. Elle a tourné dans son lit une bonne partie de la nuit, essayant de comprendre la signification du message de la caverne.

Car là-dessus, elle est d'accord avec Agnès et John: il s'agit d'un message. De qui? À qui s'adresse-t-il?

Roulé en boule sur son tapis, Notdog ouvre un oeil quand il entend sa maîtresse pousser ses couvertures. Il bâille, se redresse et fait comme tous les matins: il saute dans le lit de Jocelyne pour se faire gratter les oreilles.

— Allo, mon gros.

En entendant ces mots, Notdog aurait dû penser, comme chaque jour: «Dans cinq minutes, je vais manger.» Mais voilà plutôt ce qu'il a en tête: «$E = mc^2$, c'est évident.» Notdog est perplexe. «Cette théorie de la relativité a quand même certaines lacunes. Voyons... Qu'est-ce qui m'arrive?»

Jocelyne le pousse.

— Allez, debout! John et Agnès seront là bientôt. Dis donc, toi. Tu as une drôle de tête, ce matin.

«Drôle, je ne sais pas. Mais pleine, ça, oui. Pleine d'idées bizarres», répond Notdog pour lui-même. Car s'il s'éveille avec un cerveau différent, il reste un chien incapable de parler.

Jocelyne lui sert sa moulée. Il la renifle. «Protéines brutes: 18 %. Matières grasses: 8 %. Cendres: 6,5 %. Farine d'avoine et de canard, oxyde de manganèse, bêta-carotène, vitamine D3, etc. Toujours la même chose...» soupire-t-il.

Tout de suite après le petit déjeuner, John et Agnès arrivent, couverts de neige. Qui peut résister à la tentation de se rouler dans la toute première neige de l'année?

Vite, ils s'installent dans la cuisine avec Jocelyne. On étale les dessins. La discussion commence avec Agnès.

— Bon. Le premier élément représente le solstice d'hiver. Le deuxième, la comète de Charley. Le troisième, un bonhomme qui tient ses lunettes.

— J'ai réfléchi cette nuit et j'ai pensé que ça ne se pouvait pas. On ne tient pas ses lunettes comme ça, dit John.

Jocelyne est d'accord.

— Ça pourrait être des jumeaux.

— Des jumelles, John, pas des jumeaux, le corrige Agnès. C'est plein de bon sens. Le quatrième élément a l'air d'un vaisseau spatial, non?

John et Jocelyne acquiescent.

— Donc, au moment du solstice d'hiver, quand passe la comète... Ça veut dire maintenant, avance John. J'ai vérifié dans mes livres et Charley est la seule comète dont le passage est prévu au sol… au sot... en tout cas, maintenant.

Jocelyne essaie d'interpréter la suite:

— Quelqu'un, on ne sait pas si c'est un homme ou une femme, quelqu'un qui regarde avec des jumelles.

— Donc, il ou elle observe, déduit Agnès.

— Enfin, un vaisseau spatial qui décolle. Le quelqu'un, c'est peut-être le pilote du vaisseau?

— Un extraterrestre est ici, aujourd'hui, pour nous observer! Je le savais qu'il y en avait! lance John.

Agnès n'est pas aussi pressée que lui d'interpréter le message de cette façon. Pourtant, c'est logique.

— L'appareil décolle.

— Quand il aura fini d'observer, il partira? suggère Jocelyne.

— Observer quoi? demande Agnès.

— Nous! C'est ce que font toujours les extraterrestres quand ils débarquent sur Terre! répond John, fébrile.

— Ce soi-disant message est peut-être juste une blague. On l'aura dessiné pour s'amuser, c'est tout, dit Agnès, prudente.

Mais John, qui rêve depuis qu'il est tout petit de rencontrer un être de l'espace, tient mordicus à sa théorie:

— Il ne se serait pas donné la peine d'aller l'effacer.

Jocelyne récapitule:

— Si on admet que ce soit possible, ce message pourrait annoncer que, en ce moment, un extraterrestre nous observe. Et il repartira une fois sa tâche terminée.

John en est persuadé. Agnès est sceptique. Et Jocelyne trouve l'idée séduisante. Mais comment éclaircir ce mystère?

* * *

Pendant ce temps, au comptoir du restaurant Steve La Patate, le chef de police boit un café. Il discute avec son assistant.

— Je sais bien que Jocelyne rêve d'une planche à neige. Mais ce n'est pas une voleuse.

L'assistant est du même avis.

À une table, tout près, deux oreilles ont bien entendu.

Chapitre V

Y a-t-il un extraterrestre parmi nous?

John est déjà en chasse. Jocelyne, même si elle adore tout ce qui est fantastique, pense surtout à ce vol que quelqu'un, quelque part, a voulu lui mettre sur le dos. Quant à Agnès, elle croit qu'il y a sûrement une explication logique et tout à fait terre à terre à cette histoire insolite.

En mangeant leur *grilled cheese*, ils passent en revue toute la population du village. À part Bob Les Oreilles, qui n'a rien d'un être humain normal, tout le monde leur semble désespérément terrestre.

— Soyons logiques. S'il y a un être de l'espace parmi nous, il fera tout pour le cacher, dit Jocelyne.

— C'est sûr. Mais on connaît les gens d'ici depuis trop longtemps pour penser qu'un d'entre eux pourrait venir d'une autre planète, enchaîne Agnès. Il reste les étrangers.

— Qui sont nombreux à cause du passage de la comète. Drôle de coefficient, non?

— Coïncidence, John, pas coefficient.

— Il faut aller les observer, décide John.

— On va les voir pour notre travail et, mine de rien, on mène notre enquête, poursuit Jocelyne.

Agnès éclate de rire:

— On est complètement dans les patates et on se raconte une histoire qui n'a pas de sens. Mais je vous suis quand même. Est-ce qu'on ne devrait pas retourner à la caverne? Juste pour vérifier que personne n'y a rien oublié? Je ne sais pas, un tout petit indice, un crayon par exemple.

— Si ça peut te faire plaisir, allons-y, dit Jocelyne, convaincue qu'ils se déplacent pour rien. Allez, Notdog. On sort.

Le long de la rivière aux Renards, le paysage a changé. Le sol, les arbres sont tout blancs. Et la caverne est encore plus humide.

John, Agnès et Jocelyne inspectent minutieusement chaque recoin de la grotte. Jocelyne met son chien à la tâche.

— Cherche, Notdog, cherche. Je ne sais pas quoi. Tu comprends?

«Je ne suis pas idiot. Je sais très bien ce que tu attends de moi. Mais, côté

renseignements, c'est un peu mince. Enfin, je vais faire de mon mieux, sachant que mon odorat est quarante fois plus développé que le vôtre.»

— Qu'est-ce que tu attends? C'est fou, mais on dirait que tu réfléchis.

John rit:

— Notdog? Réfléchir?

Insulté, Notdog entreprend ses recherches. «On verra qui de nous sera le plus utile...» Deux minutes plus tard, il appelle sa maîtresse. Dans une mousse verte à la texture gluante, Notdog a trouvé une clé.

— Bravo, mon chien. Comment as-tu fait? demande Jocelyne sans attendre de réponse, évidemment.

«Élémentaire. Il suffit d'être systématique», répond tout bas le chien le plus laid du village. Qui est en train de devenir le chien le plus intelligent du village, et peut-être du monde, sans que personne le sache.

Chapitre VI
Les extraterrestres ont-ils la peau verte?

En se dirigeant vers l'auberge, Agnès essaie de tempérer un peu l'enthousiasme de ses amis.

— Cette clé n'a peut-être rien à voir avec la personne qui a fait les dessins. Elle aura été échappée là par hasard, par quelqu'un d'autre.

— Bien sûr. Cette caverne est tellement fréquentée, ironise Jocelyne.

— Ça ne coûte rien de se renseigner, dit John en grimpant les trois marches qui mènent à l'auberge.

Ils entrent. En les voyant, l'aubergiste accourt:

— Il a les pattes toutes sales! Je ne veux pas que Notdog entre!

— Désolée, mon gros. Ce ne sera pas trop long.

Et Jocelyne installe son chien dehors, à côté de la porte.

«Désolée, désolée... Il fait certainement moins dix degrés. Avec le facteur vent, c'est moins seize», bougonne Notdog.

À l'intérieur, les inséparables tentent leur chance.

— Est-ce que quelqu'un, chez vous, n'aurait pas perdu une clé?

En voyant la clé, l'aubergiste se réjouit:

— Où l'avez-vous trouvée? Ça fait trois jours que je la cherche partout! C'est la clé du garage et je ne pouvais pas y entrer sans elle.

Sans même attendre la réponse à sa question, il prend la clé et disparaît derrière son comptoir où la sonnerie du téléphone l'appelle.

— Oui, monsieur Lavoie, répond-il, les biscuits que vous avez fait venir sont arrivés.

Assis dans un fauteuil près du feu, Jean Rhys regarde les enfants et les salue, leur faisant signe d'approcher.

En passant près du présentoir de cartes postales locales, ils tombent sur Bob Les Oreilles en train de feuilleter une revue d'astronomie.

— Depuis quand t'intéresses-tu aux astres, Bob? demande Jocelyne.

— Depuis que je suis un nouveau Bob! Amélioré! Pour vous servir! Je suis tellement amélioré que je voudrais faire la paix avec vous et qu'on devienne amis. D'accord?

Il tend sa main et affiche un large sourire à moitié édenté, à moitié carié.

— Nous, on veut bien. Mais comment te faire conscience?

— Confiance, John, lui souffle Agnès.

— Quand je me regarde, petit comme ça par rapport à l'univers, ça me donne envie de devenir bon.

Et Bob s'éloigne, la main sur le coeur, pour aller plier une pile de nappes, près de la salle à manger.

— Ça ne me dit rien de bon, murmure Jocelyne.

Ils rejoignent le magicien.

— Bonjour. Vous allez bien? demande Agnès.

— Très bien, merci. Sauf que je suis

enrhumé. Décidément, cette planète ne me convient pas.

À ces mots, John, Agnès et Jocelyne échangent un regard furtif. Jocelyne, faisant mine de blaguer, lance:

— Oh! Vous êtes un extraterrestre!

L'astronome amateur sourit:

— Bien sûr! Mais ne le dites à personne. Et vous savez, j'ai la peau verte sous mes vêtements. Lui aussi, d'ailleurs.

Il montre Robert Lavoie Lactée qui s'amène, après avoir ramassé un sac au comptoir.

— Bonjour, bonjour. Ah! Quel bon feu! Vous permettez que je me joigne à vous, moi qui suis si frileux.

— Bonjour, cher Robert. Je disais à ces charmants jeunes que vous étiez un extraterrestre, vous aussi.

— Mais oui, mais oui. Et ça me cause des problèmes avec la nourriture. Vous n'avez pas idée comme ces douceurs vénusiennes pour le cerveau sont difficiles à trouver.

En disant cela, il prend un biscuit et le croque.

— Excusez-moi si je ne vous en offre pas, mais elles ne conviennent pas du tout aux humains.

Sur ce, Annette Mercure entre, secouant la neige sur son manteau. Robert Lavoie Lactée continue sur sa lancée:

— Elle aussi en est un. Enfin une. Mais elle ne l'avouera jamais, car elle a une mission de la plus haute importance à remplir sur terre avant de repartir d'ici peu pour faire son rapport au gouvernement sidéral. Elle est un fameux pilote de vaisseau. L'as de la galaxie. D'ailleurs, j'ai peur de monter avec elle.

Jean Rhys éclate de rire, puis:

— Si je me souviens bien, vous venez observer la comète avec nous ce soir, n'est-ce pas?

— Ouais, mais est-ce bien nécessaire? Peut-être qu'on pourrait juste en parler, propose Agnès.

— En parler? s'exclame le magicien. Ma chère demoiselle, pour percer le mystère des étoiles, pour les aimer, il faut les observer. C'est comme ça pour tout, d'ailleurs. Pour comprendre, il faut savoir regarder...

Dehors, Notdog commence à en avoir assez d'attendre. Il se met à geindre et à gratter la porte. Jocelyne entend ses pleurs et lui ouvre.

— Viens, mais reste sur le tapis d'entrée.

Le temps de se retourner, elle voit les astronomes se lever et saluer John et Agnès avant de se diriger vers le comptoir.

Annette Mercure y discute avec l'aubergiste, et Bob Les Oreilles vient chercher de nouveaux ordres.

Pendant que les inséparables se rhabillent, Notdog est le seul à voir la main subtiliser la clé.

Trois minutes plus tard, John, Agnès et Jocelyne marchent lentement dans la rue Principale.

— Vous croyez qu'ils ont voulu rire de nous? demande Jocelyne.

— C'est évident, affirme Agnès.

— À moins qu'on ait affaire à trois extraterrestres... suggère John.

Ils arrivent nez à nez avec le chef de police.

— Ah! Bonjour! Je te cherchais, Jocelyne. Dis-moi, où étais-tu un peu avant neuf heures ce matin?

Méfiante, Jocelyne hésite.

— Dans mon lit. Pourquoi?

— Parce qu'il y a eu un vol à la boutique de sport. C'est bizarre, le voleur n'a pris qu'une planche à neige. Rouge et noir. La meilleure de toutes.

— Je n'ai rien à voir là-dedans! s'emporte Jocelyne.

Le chef sort un objet de sa poche:

— C'était dans la boutique.

— La médaille de Notdog! Il l'avait perdue!

— En es-tu bien sûre?...

Chapitre VII

Quels sont ces soupçons qui se situent sur ces têtes?

Le chef de police a renvoyé John et Agnès chez eux. Il aime mieux interroger Jocelyne seule.

Au dépanneur de son oncle, Jocelyne explique encore une fois au chef qu'elle ne sait pas où Notdog a perdu sa médaille. Si elle l'avait su, elle l'aurait retrouvée rapidement. Mais quelqu'un l'a ramassée et laissée bien en évidence au magasin de sport.

— Si ce n'est pas toi... dit le chef, qui commence à douter de l'innocence de Jocelyne.

— C'est une personne qui veut me faire accuser de vol, de deux vols, continue Jocelyne.

— Mais pourquoi? demande l'oncle Édouard. Ce petit jeu commence à m'inquiéter. J'aimerais mieux que tu restes ici.

— Et mon travail de science? On doit observer la comète avec les astronomes ce soir! Il ne peut rien m'arriver à l'auberge.

— Écoute, Jocelyne. Si un fou rôde aux alentours...

— On le trouvera, conclut le chef en se levant pour partir.

Choqué qu'on puisse soupçonner sa maîtresse, Notdog se dit: «Il est grand temps que je me mêle de tout ça.» Il se fait ouvrir la porte, sort.

«Si j'étais un chien policier, qu'est-ce que je ferais en premier? J'attendrais mes ordres. Mais je ne suis pas un chien policier, je suis Notdog. Alors, à moi de décider. Logiquement, commençons par le début et allons au magasin de sport.»

La boutique est évidemment fermée. Mais Notdog renifle chaque centimètre de la devanture, chaque millimètre de l'endroit où la vitre a volé en éclats.

«Hum. L'odeur est forte. Plusieurs senteurs se mêlent, mais la dominante est celle du fameux, délicieux et exquis poulet frit de l'auberge.»

Sans trop savoir ce qu'il cherche, Notdog suit le chemin dicté par son odorat. Arrivé à l'entrée du seul établissement hôtelier du village, il se lève sur ses pattes arrière et regarde le menu de la semaine affiché dans une vitrine.

«C'est bizarre: je ne savais pas que je pouvais lire. Ah, voilà. Samedi: poulet frit. Le voleur a mangé ici hier soir.»

Il profite de l'entrée d'un client pour se faufiler à l'intérieur. Personne en vue. Vite, il fait le tour des lieux. Il ne distingue rien d'autre que l'odeur de poulet qui persiste. «L'huile d'arachide serait plus appropriée pour ce genre de cuisson.»

Un objet brillant attire son regard. Sur un tableau rempli de clés, il reconnaît celle qu'il a trouvée dans la caverne, la veille. «Tiens, elle est revenue à sa place. Je vais la rapporter à Jocelyne, ça lui fera sûrement plaisir. On ne pourra pas dire que je suis revenu bredouille.»

Il grimpe habilement jusqu'au tableau, prend la clé. À tout hasard, il fait un détour par l'endroit où il a découvert de si bons biscuits l'autre soir. Rien. Il se place près de la porte, attend. L'aubergiste surgit:

— Qu'est-ce que tu fais là, toi? Allez, ouste, dehors!

Il lui ouvre la porte.

* * *

Jocelyne n'est pas contente. Elle gronde son chien:

— Pourquoi as-tu volé cette clé? Il faut la rapporter.

Jocelyne part seule avec Notdog. Une fois près de l'auberge, elle ne peut résister à la tentation d'ouvrir la porte que cette clé verrouille. Elle entre dans le garage. Il lui faut deux minutes pour que ses yeux s'habituent à l'obscurité de la nuit déjà tombée. Elle avance avec prudence.

Il fait froid et humide. Un filet de vent glacial entre par une chatière. Tout à coup, elle entend un grattement. Elle écoute: ça vient de derrière une carcasse de motoneige.

Ce qu'elle y trouve, c'est un piège à souris, une cage qui se referme lorsque l'animal y pénètre. Une souris grise essaie désespérément d'en sortir. Jocelyne n'hésite pas une seconde: elle libère la pauvre bête.

Elle continue son exploration. Et finit par repérer une planche à neige neuve, rouge et noir, toujours étiquetée, adossée au mur du fond.

Notdog n'est pas en reste. Car sur le bord d'une fenêtre, il déniche une friandise à moitié mangée. Cette étrange friandise qu'il a goûtée à l'auberge. Et qui l'a rendu si brillant. Mais est-ce bien à cause d'elle?

Jocelyne sort du garage, décidée à avertir le chef de police sur-le-champ. C'est alors qu'elle aperçoit Annette Mercure, à peine visible dans l'ombre de l'épaisse haie de cèdres.

Tenant une paire de jumelles, Annette observe le ciel. Puis, c'est le village et la rue Principale qu'elle passe en revue. Elle suit un moment le tacot de livraison du restaurant Steve La Patate. Ensuite, elle sort de ses poches un petit objet dans lequel elle parle à voix basse.

— Les gens d'ici ont l'habitude de faire venir leur repas de l'extérieur, le dimanche soir. Note: décrire le goût de la neige.

Elle range le tout et retourne vers l'auberge. Jocelyne la regarde ouvrir la lourde porte. Alors qu'Annette Mercure entre, Robert Lavoie sort. On l'entend saluer sa collègue:

— Oh! Bonsoir! Belle heure pour prendre l'air.

Il reste un peu sur le balcon. Puis, il descend les marches et fait les cent pas, regardant le ciel, respirant à fond. Il s'engage dans le sentier qui mène vers la piste de ski de fond et s'éloigne lentement.

Malgré la distance, Jocelyne a eu le temps de remarquer un détail étonnant: Robert Lavoie Lactée se promène dehors, par moins quinze degrés, les pieds nus dans des sandales.

«Étonnant pour un homme qui se dit frileux», pense-t-elle.

Elle n'est pas au bout de son étonnement. Car quelques instants plus tard, elle aperçoit Jean Rhys à la fenêtre de sa chambre. Il n'y aurait rien d'anormal là-dedans si elle ne le voyait pas tenir une souris par la queue et l'avaler tout rond.

Chapitre VIII
Pourquoi les extraterrestres volent-ils les planches à neige?

— Je vous jure que c'est vrai! Il l'a prise par la queue et il a fait comme ça.

Jocelyne mime à John et à Agnès ce qu'elle a vu quelques minutes plus tôt.

Horrifiée, ce n'est pas au poste de police qu'elle s'est rendue, mais chez Agnès. Elle a d'abord appelé son oncle Édouard pour lui dire qu'elle était chez son amie. Puis, les filles ont téléphoné à John pour qu'il rapplique immédiatement.

Agnès récapitule:

— On a un homme qui mange des souris, un autre qui se promène pratiquement nu-pieds dans la neige et une femme qui prend des notes sur les habitudes des gens d'ici.

— Avec la planche à neige en crime, ajoute John.

— En prime, tu veux dire? le reprend Agnès.

— C'est ça, oui. On nage en pleine science-fiction.

John est ravi de la tournure des événements. Jocelyne est encore sous le choc. Quant à Agnès, elle commence à penser que cette histoire d'extraterrestres n'est peut-être pas aussi farfelue qu'elle le croyait.

— Les blagues d'extraterrestres qu'ils nous ont faites paraissent moins innocentes, dit-elle.

Tout à coup, Jocelyne revoit une image dans sa tête.

— Annette Mercure observait avec des jumelles. Exactement comme dans le dessin.

Cela donne une idée à John:

— Et si on leur montrait les dessins de la grotte? On pourrait voir la réaction de chacun.

— Pour quoi faire? demande Jocelyne.
— Tu as une meilleure idée?
— N'oublions pas la planche à neige... leur rappelle Agnès. Est-ce qu'il y a un rapport avec le reste?

Notdog, qui lisait tranquillement les pages économiques du journal, couché dessus, regarde les inséparables et pense:

«Il y a cette clé que j'ai rapportée. Elle ouvre le garage. Elle a aussi été retrouvée dans la grotte. La personne qui l'a perdue avait fatalement un intérêt dans le garage. Si ce sont des extraterrestres qui ont fait les dessins — je dis bien *si* —, cela prouve que les extraterrestres font de la planche à neige. Logique.»

Agnès se lève.

— De toute façon, on doit aller observer la comète avec les AAA. Et on doit rapporter cette clé. On peut suivre l'idée de John et faire notre propre enquête.

— Mais le chef...

Agnès interrompt Jocelyne:

— Il nous trouvera complètement ridicules avec nos êtres de l'espace. Allez, on va être en retard. On avertira le chef plus tard.

Jocelyne hésite un peu. Mais Agnès a raison. Et puis, ils ont maintes fois prouvé qu'ils étaient tout à fait capables de dénouer les histoires les plus invraisemblables.

* * *

— Ah! Voilà nos astronomes miniatures!

C'est ainsi que Jean Rhys accueille les inséparables. En regardant le magicien, Jocelyne ne peut s'empêcher de frissonner.

— Pour la clôture de cet événement, je vais donner un petit spectacle réservé aux AAA. Je vous y invite. Je prépare un numéro tout à fait spécial. Avez-vous des questions?

Jean Rhys s'installe dans un fauteuil du hall. John ouvre son cartable, sort une feuille sur laquelle il a superbement reproduit les dessins de la caverne.

— Est-ce que ça vous dit quelque chose?

L'homme regarde. Aucune réaction. Il prend tout de même un certain temps avant de demander:

— Où avez-vous trouvé ça?

— Dans une caverne, dans la forêt, assez loin d'ici, répond Jocelyne en l'observant.

— Oh.

Comme le magicien ne dit plus rien, Agnès étonne ses amis en lançant tout bonnement:

— Nous croyons que c'est un message et qu'il signifie qu'en ce moment un être venu de l'espace nous observe et qu'il repartira bientôt.

— Vraiment?

Agnès explique comment ils en sont venus à cette conclusion.

— Hum. Vous avez un excellent sens de la déduction. Et aussi beaucoup d'imagination. Qui vous dit qu'il ne s'agit pas d'une blague? Ou d'un dessin griffonné par quelqu'un, disons, qui s'abritait de la pluie dans cette caverne?

— Pourquoi cette personne aurait-elle pris la peine de revenir l'effacer plus tard? demande Jocelyne.

La réponse du magicien est une question:

— Pourquoi, à ton avis?

— Pour qu'il ne soit ni vu ni lu.

Robert Lavoie les rejoint, bien chaussé.

— Bonsoir, les enfants. Quel froid! Est-ce que je peux vous être utile pour votre travail?

Agnès lui tend la feuille:

— À votre avis, qu'est-ce que c'est?

L'homme jette un coup d'oeil rapide:

— Voilà le solstice d'hiver, la comète de Charley, un personnage avec des lunettes d'approche et un vaisseau spatial qui décolle. Est-ce que je gagne quelque chose?

C'est alors que Bob Les Oreilles surgit et leur offre un panier d'arachides salées. Personne n'y touche.

Puis c'est au tour d'Annette Mercure de se pointer. John lui montre la feuille avec les dessins.

— Très intéressant! Qu'est-ce que ça signifie?

Jocelyne lui donne leur interprétation. La femme écoute avec attention.

— Fascinant, puis-je en faire une photocopie? J'ai tout juste le temps avant qu'on sorte observer la comète.

Sans attendre la permission, elle s'installe au télécopieur de l'auberge et appuie sur le bouton *COPY*.

Ensuite, tout le monde s'habille et sort. Les inséparables doivent l'admettre, le spectacle de la comète, par ce beau ciel clair de la fin de décembre, est merveilleux. Un télescope a été installé dehors. Chacun leur tour, adultes et ados vont y admirer l'astre brillant et sa traînée gazeuse éclatante.

Tout en observant leurs trois AAA, John, Agnès et Jocelyne écoutent les conversations et prennent des notes pour leur travail de science.

Le nez en l'air, Notdog récapitule ses connaissances sur le système solaire: «La planète Mars: à 228 millions de kilomètres du soleil. Durée de rotation sur elle-même: 25 heures. Durée de révolution autour du Soleil: 687 jours. Température: moins 20. Nombre de satellites: 2. Jupiter: à 778 millions de kilomètres du soleil. Rotation: 10 heures. Révolution: 12 ans...»

Du côté des bipèdes, ça discute orbite, angles, distances, astéroïdes et trous noirs. John, Agnès et Jocelyne ont peine à suivre les propos de plus en plus spécialisés. Et quand il est question de vie ailleurs que sur la Terre, l'animation est à son comble.

Tous sont d'accord: il y a sûrement de la vie ailleurs. Mais où? Les humains ont déjà lancé des messages dans l'espace et, jusqu'ici, pas de réponse.

Des témoins rapportent depuis longtemps des visites, des rencontres avec des extraterrestres. Certains affirment même avoir été enlevés et conduits dans un vaisseau spatial. Il y a bien des photos, toujours floues, comme celles du monstre du loch Ness.

Existe-t-il vraiment de ces êtres qu'on voit dans les films de science-fiction, de toutes les couleurs, formes, tailles et textures? À l'aspect humain, animal ou végétal? Bons, mauvais et, surtout, beaucoup plus intelligents que nous?

En regardant le ciel étoilé, les inséparables sont convaincus que oui.

Et qu'il y en a un près d'eux.

Chapitre IX

Quand le chat est parti, les souris font danser les voleurs

Ce soir-là, les inséparables quittent l'auberge à regret. Entre les blagues de Robert Lavoie, les insinuations de Jean Rhys et les silences d'Annette Mercure, ils ont été attentifs aux moindres détails.

Jean Rhys refuse nourriture et boissons. Robert Lavoie se plaint du froid mais sue à grosses gouttes. Annette Mercure prend des notes quand personne ne la regarde.

Puis le moment vient où chacun se retire dans sa chambre. John, Agnès et Jocelyne sortent dehors. Mais au lieu de s'en aller chacun chez eux, ils vont inspecter le garage, n'ayant pas encore remis la clé.

Ils entrent. La planche à neige est toujours à la même place. Rien n'a bougé depuis le passage de Jocelyne.

— Il faut avertir le chef maintenant, dit-elle.

Ils ressortent. Agnès court à la porte d'entrée de l'auberge et glisse la clé dans l'ouverture où le facteur dépose le courrier. Quelqu'un les a vus. Quelqu'un qui ramasse la clé et va au garage.

* * *

Tout en marchant, John, Agnès et Jocelyne discutent des réactions qu'ont provoquées les dessins de la caverne.

— Vous souvenez-vous des termes exacts de la réponse de Jean Rhys? rappelle Agnès. Il n'a pas demandé qui a dessiné ça ni qu'est-ce que ça veut dire, mais «où».

— Comme s'il savait que ces dessins existaient, déduit Jocelyne. Et Robert Lavoie a à peine regardé la feuille. Il n'a pris qu'une seconde pour réfléchir et nous dire ce que cela signifiait.

John enchaîne:

— Annette Mercure avait l'air de ne rien comprendre. Peut-être qu'elle faisait l'indécente.

— L'innocente, John, pas l'indécente, rectifie Agnès.

Ils arrivent chez le chef de police. Personne. Ils font un détour par le poste de police, au cas où il y traînerait quelqu'un. Fermé. Dans ce petit village où il ne se passe pas grand-chose, on n'assure pas la permanence après vingt heures. Il faudra attendre à demain pour parler au chef.

Les inséparables vont se séparer pour la nuit quand Notdog se met à grogner. John, Agnès et Jocelyne se retournent. Ils aperçoivent en même temps l'ombre qui se profile sur le mur blanc du restaurant Steve La Patate.

Prudents, ils se cachent. L'ombre rétrécit en avançant. Enfin apparaît un homme qui longe les murs, cherche les coins sombres, surveille s'il n'y a personne alentour.

— C'est Bob Les Oreilles Bigras! murmure John.

— Où s'en va-t-il avec sa couverture? demande Agnès.

Car Bob transporte un gros paquet bien enveloppé dans une couverture grise.

Jocelyne tient à deux mains la gueule de Notdog pour l'empêcher de japper après Bob.

— Suivons-le. Ça m'étonnerait qu'il soit juste en train de faire une promenade

de santé, dit-elle. Notdog, chut! Tu comprends? Chut!

«Pourquoi toujours me parler en onomatopées? Comme si j'avais moins de 190 de quotient intellectuel...»

John, Agnès, Jocelyne et Notdog suivent le motard local à bonne distance. Ils connaissent bien le chemin qu'il prend, pour l'avoir si souvent emprunté eux-mêmes. Mais ce n'est qu'en vue du dépanneur d'Édouard Duchesne qu'ils réalisent que Bob se dirige résolument vers la maison de Jocelyne.

L'instinct de protection l'emporte sur l'intellect de Notdog et il se met à aboyer contre l'intrus sur son territoire. Bob fige. Jocelyne attrape son chien et lui enfouit la tête sous son bras.

Inquiet, Bob se dépêche. Il contourne la maison, déballe son paquet. Et il appuie la planche à neige volée sur un des murs de l'abri où l'oncle de Jocelyne empile son bois. Édouard ne manquera pas de la voir en venant chercher des bûches.

Jocelyne sait maintenant que c'est Bob qui a volé et qui cherche à faire dévier les soupçons sur elle. En colère, elle veut sortir de sa cachette pour le lui dire. Mais ses amis la retiennent.

— C'est sûrement lui aussi qui a volé les recettes du spectacle l'autre soir, chuchote Agnès.

— Oui, car les deux fois le voleur a voulu que je sois accusée à sa place en utilisant quelque chose de Notdog, dit Jocelyne.

— Si on trouve l'argent, on fera d'une roche deux coups!

— D'une pierre deux coups, John.

Les inséparables décident de suivre Bob qui s'en retourne à l'auberge d'un pas lent de promeneur.

Il y entre. Une minute plus tard, on peut voir s'allumer la fenêtre d'une chambre près de la cuisine. Puis elle s'éteint. Bob s'est couché.

— Logiquement, il a dû cacher l'argent à la même place que la planche à neige, dit Agnès.

— Ou dans sa chambre? suggère Jocelyne.

— Trop risqué, répond John.

— Mais comment entrer dans le garage? On n'a pas la clé!

En disant cela, Jocelyne regarde son chien.

— La chatière! Notdog peut s'y faufiler, j'en suis sûre!

— Et après? Comment va-t-il ouvrir la porte? demande Agnès.

— Mon chien est beaucoup plus intelligent que tu le penses.

Jocelyne l'emmène près de la petite porte fabriquée pour les chats.

— Écoute, Notdog. Tu entres ici. Une fois dans le garage, tu nous ouvres la porte. Compris? La porte.

Notdog réussit, non sans mal, à faire passer son ventre un peu gras par l'étroite ouverture. Il contourne le piège dans lequel une souris s'est de nouveau enfermée.

Dehors, sans trop y croire, John et Agnès attendent de voir la porte s'ouvrir.

Notdog réfléchit. «C'est simple. Il faut juste tourner la poignée. Simple pour une main et cinq doigts, mais pas pour une patte aux coussins rugueux et aux griffes un peu trop longues. Il est vraiment temps de les couper.»

Il glisse la patte sur la poignée, qui fait un huitième de tour, mais ce n'est pas assez. Il répète le geste et répète et répète. Dehors, Jocelyne l'encourage avec des «Encore! Encore!». Rien n'y fait.

«Je n'ai qu'à utiliser ma tête», pense Notdog. Et c'est justement ce qu'il fait. Il ouvre grand la gueule, mord la poignée. Et en serrant les dents du plus fort qu'il peut, il réussit à tourner la poignée juste ce qu'il faut pour qu'on entende enfin le déclic. Et c'est sous le regard incrédule de tous que la porte s'ouvre.

Les inséparables entrent et, sans attendre, se mettent à chercher. Gênés par la noirceur, ils fouillent dans cet indescriptible désordre qu'est un garage. Pots de peinture vides, outils, jouets cassés, commode inutile, fils de toutes sortes, pneus d'été usés. Comment trouver l'argent volé?

C'est pourtant dans une boîte de conserve contenant anciennement de la soupe aux tomates que John le découvre.

Mais la porte s'ouvre subitement et Bob Les Oreilles Bigras entre, la refermant derrière lui.

— Vous avez perdu quelque chose, les microbes?

— On sait tout, Bob, lance Jocelyne.

— Tout quoi?

— Ne fais pas l'innocent. On t'a vu porter la planche à neige chez moi. Et maintenant on a retrouvé l'argent volé.

Bob s'avance, peu rassurant.

— Et alors?

D'instinct, tous reculent.

— On va avertir la police, menace Agnès.

— Oh non!

Rapide comme il l'est rarement, Bob attrape Jocelyne et lui tourne un bras derrière le dos, la tenant ainsi solidement.

Notdog grogne après Bob en montrant ses crocs.

— Lâche-la! ordonne John, qui sait que ça ne sert à rien. Pourquoi tu te charmes sur elle?

Bob éclate de rire:

— T'es mignon avec tes mots de travers. Tu t'acharnes, qu'on dit. Heille, Bob a un vrai dictionnaire dans sa tête. Pourquoi je m'acharne? Parce que l'autre jour, j'ai vu passer son idiot de chien et que ça m'a donné l'idée d'un plan.

«Idiot?! Là, c'est trop! Comment aider Jocelyne?» pense Notdog.

— Cette fois-ci, les microbes, je ne sais pas comment vous avez fait pour me trouver. Mais la police, elle, n'a rien soupçonné. Parce que Bob a été plus malin. Il a décidé de faire peser les soupçons sur quelqu'un d'autre! Je suis génial. J'ai écrit une fausse lettre signée Simon.

— Je vous l'avais dit! se souvient John.

— Et j'ai enlevé la médaille à ton chien. Ça n'a pas été facile parce qu'il ne se laisse pas approcher. Mais tout le poil qu'il a perdu sur moi, hi, hi! Bob a eu le génie de l'utiliser. Je suis sûr que le chef pense vraiment que c'est toi, la voleuse, Jocelyne. Tu veux tellement une planche à neige...

— Comment sais-tu ça, toi?

— Bob sait tout. Et Bob va tous vous attacher et s'en aller avec ses sous. Et d'ici à ce qu'on vous trouve, je vais être loin.

Et Bob part à rire de son gros rire gras.

— Oh! J'oubliais. Merci d'avoir rapporté la clé! Je l'ai tellement cherchée.

— Ce n'est pas toi qui l'as perdue dans la grotte?

— Quelle grotte?

Mais Jocelyne n'a pas le temps d'expliquer. Car Notdog vient de s'élancer sur le piège à souris.

— Appelle ton chien! crie Bob.

— Notdog! Viens ici!

Notdog a eu juste assez de temps pour soulever, à l'aide de ses dents, le minuscule loquet de la porte de la cage. Il attrape la souris et la garde solidement dans sa gueule, sans lui faire de mal.

Avant même que Bob s'aperçoive que Notdog s'avance vers lui, le chien le plus laid du village lui saute dessus et laisse tomber la souris dans l'ouverture de son coton ouaté.

Le fameux motard local se met à crier et à gesticuler comme un fou, l'air de danser une gigue endiablée.

— Heille! Faites quelque chose!

D'abord, les inséparables éclatent de rire. Puis, ils immobilisent Bob et le débarrassent de la souris. Notdog lui prend un mollet entre les dents.

— Tu dois être content, Bob. Notdog s'est enfin approché de toi! se moque Jocelyne.

S'il l'avait faite lors d'un concours de grimaces, celle que Bob lance à Jocelyne lui aurait valu le premier prix.

Chapitre X
Le numéro de l'homme scié en deux

La journée de lundi s'est déroulée un peu comme dans un nuage. C'est le dernier jour d'école avant Noël. À cause des événements de la veille, John, Agnès et Jocelyne avaient la permission de rester à la maison. Mais pas question de rater l'occasion de raconter mille fois leurs exploits aux amis admiratifs et même un peu jaloux.

Car ce n'est pas tous les jours que des jeunes de douze ans capturent un voleur.

Sauf qu'ils n'ont toujours pas démasqué leur extraterrestre. Et les astronomes amateurs quittent l'auberge, après le spectacle promis par Jean Rhys. Comme les inséparables et Notdog y ont été personnellement invités, ils entrent dans l'auberge à l'heure prévue.

Jean Rhys les accueille lui-même.

— Je vous ai réservé une belle surprise. On commence dans quinze minutes.

John, Agnès et Jocelyne s'installent près du feu pour attendre. Robert Lavoie Lactée s'y réchauffe, en croquant des biscuits bizarres. Il leur en offre:

— Délices de Vénus. Goûtez, c'est délicieux. C'est ma femme qui les fait.

— L'autre soir, vous disiez que ça ne convenait pas aux humains, rappelle Jocelyne, avec l'espoir de confondre son extraterrestre.

— C'était juste pour continuer la blague d'extraterrestre qu'avait commencée notre magicien. J'ai beaucoup aimé votre village et j'y ai passé un excellent séjour. À part l'engelure. Vous ne me croirez pas, mais l'autre soir, je suis sorti dehors nu-pieds dans les sandales qui me servent de pantoufles. Ma femme dit toujours que je suis distrait, et c'est bien vrai.

Les inséparables cachent leur déception. Il faut se rendre à l'évidence: Robert

Lavoie n'est qu'un être humain normal. Annette Mercure les rejoint.

— Bon, ma valise est bouclée.

John suit l'exemple donné par Agnès.

— J'espère que vous n'avez pas oublié vos observatoires.

— Pardon?

— Vos notes, je veux dire.

— Ah... Mes observations... Comment sais-tu ça?

— On vous a vue écrire et entendue parler dans un magnétophone.

— Je vais vous faire une confidence. J'essaye d'écrire mon premier roman. Ça se passera dans un petit village. Alors, depuis que je suis ici, j'ai noté des détails, des attitudes.

— Notre Plannette Mercure, écrivain! J'espère que c'est de la science-fiction au moins, lance Robert Lavoie.

— Exactement. Dans mon histoire, on suspecte la présence d'un extraterrestre.

C'est à ce moment que Jean Rhys vient les chercher.

En s'installant dans la salle de réunion transformée en salle de spectacle, John, Agnès et Jocelyne savent qu'ils pensent tous les trois la même chose: il ne reste que Jean Rhys comme possibilité. Le magicien salue.

— Je vais d'abord vous présenter mon tout nouveau tour.

À la grande surprise de tous, Jean Rhys dépose sur sa table une cage. Avec une souris dedans. Il prend la souris par la queue. Se place de profil. Ouvre la bouche. Et la mange.

Il va vers Agnès. Et sort la souris du capuchon de son coton ouaté. L'illusion était parfaite. Tout le monde sait qu'il n'a pas vraiment mangé la souris. Mais personne ne peut dire comment il a réussi son tour.

Adieu veau, vache, cochon, extraterrestre.

— Et voici ma surprise.

De derrière le rideau surgit Bob Les Oreilles Bigras. Avec lui, le chef de police qui ne le quitte pas des yeux.

— Pour donner une bonne leçon à ce gaillard, j'ai demandé à monsieur le chef ici présent de me le prêter pour ce soir. Il me servira d'assistant.

Bob est inquiet. Il ne sait pas ce que le magicien a en tête. Même qu'il aimait mieux sa cellule, finalement, plutôt que de faire rire de lui par ses ennemis jurés.

— Alors, approche, Bob. Couche-toi là-dedans.

Bob s'allonge dans une boîte. On ne voit que ses pieds qui dépassent. Et le magicien commence à scier la boîte.

— Arrêtez! Je suis trop jeune pour mourir! Je ne volerai plus jamais! promet Bob, paniqué, en regardant les dents de la scie s'approcher dangereusement de son ventre.

Mais pas un cri de douleur. Le magicien le coupe en deux, sans que Bob comprenne comment cela peut être possible qu'il ne sente rien. Les rires et les applaudissements fusent. Puis, le magicien couvre les deux morceaux de Bob d'une couverture, prononce une formule magique et hop! voilà Bob recollé.

Quelques tours encore et c'est la fin. Tout le monde se lève, se serre la main, se dit au revoir, à la prochaine éclipse. John, Agnès et Jocelyne vont enfin saluer Jean Rhys. En riant, Jocelyne lui dit:

— Vous savez, on a cru un moment que vous veniez d'une autre planète. À cause des dessins qu'on vous a montrés et tout. On s'est vraiment raconté une histoire impossible.

Ne lui laissant pas la chance de répondre à cette révélation, Notdog, debout sur ses pattes arrière, le renifle avec insistance.

— Notdog! Descends!

Jean Rhys fouille dans ses poches.

— Il a dû sentir le biscuit dans mes poches.

Il le lui donne, en souriant:

— Gardez toujours l'oeil ouvert, les enfants. Il y a peut-être vraiment des extraterrestres sur terre. Qui sait?

Une fois dehors, John s'arrête près du télescope. Il jette un dernier regard dedans, pour admirer. Dans le ciel, un point lumineux de toutes sortes de couleurs avance lentement.

«Un parasite», pense John.

Bien sûr, il veut dire un satellite. Mais soudain, une explosion éclatante se produit. Et le point est propulsé dans le ciel à une vitesse vertigineuse, pour vite disparaître.

Ce n'est que le lendemain, enfin en congé, que John, Agnès et Jocelyne apprennent que le mystérieux Jean Rhys s'est volatilisé tout de suite après leur départ. Sans laisser de traces. Un détail

auquel ils n'ont pas pensé la veille leur revient: la souris utilisée lors du spectacle.

— C'est évidemment lui qui avait placé le piège dans le garage! comprend Jocelyne.

— Et pour y entrer, il avait besoin de la clé, continue Agnès.

— C'est donc lui qui l'a perdue dans la grotte, conclut John.

Mais à la question «Pourquoi être allé effacer les dessins?», personne n'a de réponse.

Sauf Notdog. Qui a décelé sur Jean Rhys l'odeur de cette bizarre de mousse verte sur le sol, composée d'éléments nutritifs essentiels pour le magicien. Jean Rhys s'en nourrissait.

Quant aux dessins, Rhys avait dû les faire lui-même pour le plaisir et les effacer tout simplement parce qu'ils étaient franchement mal exécutés. Du moins selon Notdog qui se découvrait fin connaisseur d'art.

Oui, tout est très clair dans sa tête, même les solutions aux mots croisés du journal sur lesquels l'oncle Édouard est en train de bûcher.